Theodor Storm

Laß mich ruhn in deinem Arm

Die schönsten Liebesgedichte

Ausgewählt und mit einem Vorwort
von Hark Bohm

| Hoffmann und Campe |

1. Auflage 2007

www.hoca.de
Umschlaggestaltung: Katja Maasböl
Gesetzt aus der Adobe Garamond Pro
Druck und Bindung: GGP Media GmbH, Pößneck
Printed in Germany
ISBN 978-3-455-40086-1

HOFFMANN
UND CAMPE

Ein Unternehmen der
GANSKE VERLAGSGRUPPE

Inhalt

Storm? Theodor Storm? Warum?

Da beißt ein Briefträger einen Hund. Ich reiße meine Frau am Arm:

Guck mal! Guck mal!

Kennen Sie diesen Impuls? Sie entdecken etwas und müssen es unbedingt jemandem mitteilen? Ich habe Storm entdeckt, ich habe Theodor Storms Liebesgedichte entdeckt, und ich muß das unbedingt mit Ihnen teilen.

Nun fragen Sie, was ist das für ein Mann, der erst heute Storm entdeckt. Und was ist da Großes dran, an Storm? Wo ist der Briefträger? Wo der Hund? Sie haben recht. Klar, ich kannte den Namen Storm. Aber wenn ich ihn hörte oder las, schüttelte es mich. Und wieso schüttelte es mich? Um das zu erklären, muß ich zurückschauen.

Die Insel Amrum liegt am weitesten von allen friesischen Inseln draußen im Meer. Für uns Kinder war dieses vom Wasser getragene, vom Horizont umschlossene Stück Land die ganze Welt.

Der eher unangenehme Teil dieser ganzen Welt war mir die einklassige Volksschule in Norddorf. Dort regierte mit seinem Zepter, besser, mit seinem Rohrstock ein Lehrer. Er kam vom Festland, ein Fremder! Und nicht nur das. Normale Leute vom Festland sprachen Friesisch wie wir, auch wenn das ein Festlanddialekt des Friesischen war, den wir kaum verstanden. Oder sie sprachen Plattdeutsch. Nicht ganz so normale Fremde sprachen Hochdeutsch. Dieser Lehrer aber sprach ein Deutsch, das kein Deutsch war. Er sprach

Ostpreußisch. Er war Katholik. Die kindliche Grausamkeit findet da schnell einen Reim:

Katholiken,
wie sie quieken,
wenn sie in die Bibel kieken.

Heute weiß ich, das war ein gütiger Mann. Er hatte unter feindlichem Feuer durch Flucht sein Leben retten können; kaum vorstellbar, was er gesehen und hatte ertragen müssen. Er wollte uns, sicher nach bestem Können, nicht nur das Rechnen und das Schreiben beibringen. Wir sollten auch den großen Dichter Nordfrieslands, Theodor Storm aus Husum, kennenlernen. Vermutlich sollten wir stolz auf unsere friesische Kultur werden.

An's Haf nun fliegt die Möwe,
Und Dämm'rung bricht herein.

Und das mit ostpreußischem Akzent gelesen. Damit hatte der doppelt fremde Fremde endgültig Schiffbruch erlitten. Wenn wir auf der Insel das Wort Möwe hörten, überlegten wir, wo wir ihre Nester finden und ihre Eier klauen konnten. Das war nach dem Winter 1947/48, in dem unsere Steckrüben und Kartoffeln gefroren und noch im Frühling als ekliges Mus auf den Tisch kamen. Da waren Möweneier die reine Delikatesse.

Können Sie sich vorstellen, Sie stehen 1948 als kurzer, dikker Ostpreuße vor der versammelten Dorfjugend einer kleinen nordfriesischen Insel? Vor einer Dorfjugend, deren Voreltern nur durch Härte, auch sich selbst gegenüber, auf dem mageren Stück Land oder auf See überlebt hatten? Die Jugend, die Sie erziehen wollen, sitzt vor Ihnen wie ein Steinwall, steht vor Ihnen mit der Gleichgültigkeit einer Mauer.

Der arme Mann konnte nur reagieren, wie er es gelernt hatte, mit dem Rohrstock. Statt mich ins Werk Storms einzuführen, hat er mir den Storm ausgeprügelt.

War das noch eine im Vorbewußten des Kindes wirkende Austreibung, kam später eine bewußte Verurteilung Storms hinzu. In den sechziger Jahren des zwanzigsten Jahrhunderts war uns die Moral der Eltern unerträglich geworden. Sie hatten das Dritte Reich gewollt, zumindest aber nichts dagegen unternommen. Schlimmer noch, sie wollten oder duldeten, daß Wirtschaftsführer, hohe Beamte, Richter, sogar Professoren, die im Dritten Reich ihre Karriere begonnen hatten, auf das Werden der jungen Bundesrepublik entscheidend Einfluß nahmen. Der Bundeskanzler Adenauer hatte den Kommentator der nationalsozialistischen Nürnberger Rassegesetze, Globke, zu seinem Staatssekretär gemacht.

Im Kampf gegen die Werte dieser Welt fanden wir, die Studenten, daß die Nationalsozialisten auch Theodor Storm als Dichter des Deutschen benutzten oder, wie einer schrieb, als den Dichter des »nordgermanischen Naturgefühls. Pfui Teufel, nicht nur »germanisch«, auch noch »nordgermanisch«. Weg damit, auf den Müllhaufen ideologischer Heimatverkleisterung, einfach weg damit!

Im September 2006, vierzig Jahre waren vergangen, hatte mich Arnulf Conradi, der Verleger, nach Sylt eingeladen. Wir wollten dort rastende Zugvögel beobachten. Birdwatching ist unser beider Leidenschaft. Zur Vorbereitung unserer Exkursion suchte ich in ornithologischer Literatur. Ich telefonierte mit meinem Amrumer Vetter Georg Quedens, dem versiertesten Seevogelornithologen, den ich kenne. Und ständig gingen mir dabei zwei Zeilen durch den Kopf:

Graues Geflügel huschet
Neben dem Wasser her.

Was war das? Was war das?

Sie wissen wahrscheinlich, was ich da zitiere. Ich aber brauchte Tage, um es herauszufinden. Mit diesen Zeilen beginnt die zweite Strophe eben jenes Gedichtes, das in mir versackt war wie ein Wrack im Wattenschlick, im Klei, wie man auf Amrum sagt.

Ich suchte und fand eine Gesamtausgabe von Storm, die meine Frau mal gekauft hatte, weil sie so verführerisch billig gewesen war. Ich hatte vorher nie hineingeschaut.

Meeresstrand

An's Haf nun fliegt die Möwe,
Und Dämm'rung bricht herein;
Über die feuchten Watten
Spiegelt der Abendschein.

Graues Geflügel huschet
Neben dem Wasser her;
Wie Träume liegen die Inseln
Im Nebel auf dem Meer.

Ich höre des gärenden Schlammes
Geheimnisvollen Ton,
Einsames Vogelrufen –
So war es immer schon.

Noch einmal schauert leise
Und schweiget dann der Wind;
Vernehmlich werden die Stimmen,
Die über der Tiefe sind.

Ich lese. Ich bin so aufgeregt wie ein Schwein, das Trüffeln findet. Ich bin so gebannt, ich hätte nicht einmal aufgeschaut, wenn unser Postbote unseren Hund gebissen hätte.

Klar, werden Sie denken, Sehnsucht nach Kindheit, nach Heimat und so weiter. Nein, ich bin häufig auf der schönsten Insel der Welt, Amrum. Da rennt mir meine Kindheit ständig auf der Dorfstraße entgegen, und Heimat ist mir heute dort, wo meine Frau und meine Kinder sind. Auch darüber hat Storm ein intensives Gedicht gemacht.

Trost

So komme, was da kommen mag!
So lang du lebest, ist es Tag.

Und geht es in die Welt hinaus,
Wo du mir bist, bin ich zu Haus.

Ich seh' dein liebes Angesicht,
Ich sehe die Schatten der Zukunft nicht.

Nein, im Gegenteil, nicht die Verklärung von Heimat ist hier von Storm zur Sprache gebracht. Theodor Storm ist kein nordfriesischer Heimatdichter, er ist ein Dichter. Er hat eine Empfindung so in Worte gefaßt, daß unser Gefühl durch Sinn und Melodie in ein Schweben versetzt wird. Andere Leute kiffen vielleicht. Ich lese Gedichte. Haben Sie schon einmal diese Ungewißheit empfunden, wenn das Gewohnte, das Klare weicht und die Angst vor dem Dunkel, vor dem Unüberschaubaren sich anschleicht? Wenn die Furcht vor dem Unbekannten und die Sehnsucht nach Ruhe sich unsicher die Waage halten?

Graues Geflügel huschet
Neben dem Wasser her;
Wie Träume liegen die Inseln
Im Nebel auf dem Meer.

Und zum Schluß des Gedichtes hören wir:

Vernehmlich werden die Stimmen,
Die über der Tiefe sind.

Kündigt sich da ein Grauen an? Meine Spiegelneuronen rufen aus dem unbewußten Gedächtnisspeicher Erinnerungen wach. Aber ich gerate nicht in Panik wie ein Kind, das im dämmernden Watt die Orientierung verloren hat. Ich genieße auch nicht die Stille, die mich hören läßt, was sonst vom Lärm des Tages überdeckt wird.

Es ist das Beieinander von Sinn, Rhythmus und Melodie der Worte, das mich schweben läßt. Es ist die Ordnung, in die meine aufgerufenen Gefühle durch die Form des Gedichtes gebracht werden. Ich bilde mir beim Lesen ein, ein Wispern zu hören, und genieße den Luxus, es so oder so deuten zu können.

Nicht die Heimat an der Küste interessiert, behaupte ich, den Dichter Storm. Er verwendet seine höchstpersönlichen Erfahrungen von dort, um mittels seines Könnens, seiner Kunst, eine Erinnerung beherrschbar zu machen, eine Erinnerung an die Ungewißheit, die in unser aller Vorbewußtem wirkt, ob wir Hamburger Filmemacher oder Viehzüchter auf den Steppen der Mongolei sind. Einer universellen Empfindung mit Hilfe höchstpersönlicher Erfahrung unter sorgsamer Anwendung des dichterischen Werkzeugs – das sind Wortbilder, Melodie und Rhythmus in Vers und Strophe – einen Ausdruck zu geben, der durch Schönheit fasziniert; das ist das Große an Storm.

Ein anderer Großer, der Schweizer Dichter Conrad Ferdinand Meyer, hat mit seinem Gedicht »Schwüle« einer ähnlichen Empfindung Gestalt gegeben. Seine Heimat liegt um den Zürichsee. Er fand dort seine Bilder.

Was von Stockschlägen eines Lehrers und ideologischen Vorurteilen gewissermaßen ins Watt geprügelt und gestampft war, im Klei versunken, tauchte wie das sagenhafte Rungholt wieder auf.

Ich lerne Gedichte auswendig, weil sie mir so schmecken, daß ich sie, unabhängig von Büchern und Hörbüchern, überall zur Verfügung haben will. Ich lernte also jetzt Storm-Gedichte auswendig.

Nebenbei: Ich entdecke nicht nur, daß Storm keineswegs ein Mann war, der irgendwelche Sehnsüchte nach einem umfriedeten Dasein bedient. Ich lese auch, daß er ein republikanischer Demokrat ist.

Der Beamte

Er reibt sich die Hände: »Wir kriegen's jetzt!
Auch der frechste Bursche spüret
Schon bis hinab in die Fingerspitz',
Daß von oben er wird regieret.

Bei jeder Geburt ist künftig sofort
Der Antrag zu formulieren,
Daß die hohe Behörde dem lieben Kind
Gestatte zu existieren!«

Er unterstützte 1848 die erste erfolgreiche Revolution auf deutschem Boden, in der die Schleswig-Holsteiner den absolutistischen dänischen König aus dem Land jagten und eine provisorische Regierung in Kiel bildeten. Im Jahr 1852 übernahm der dänische König mit Billigung Preußens wieder die Macht. Storm erhielt Berufsverbot. Er mußte mit seiner Frau Constanze und vier Kindern für zwölf Jahre ins Exil, ins absolutistische Königreich Preußen. Soviel zu meinen Vorurteilen.

Als Arnulf Conradi und ich dann auf Sylt mit unseren Ferngläsern versuchten, Zugvögel zu fassen zu kriegen, den Regenbrachvogel oder die Pfuhlschnepfe aus Lappland, fing ich an, »An's Haf nun fliegt die Möwe« zu rezitieren, auf dem Deich bei herbstlichem Schmuddelwetter. Und wie stolz war ich, daß ich es, ohne zu stottern, zu Ende brachte. Und welche Überraschung, Arnulf Conradi konnte mindestens so viele Storm-Gedichte wie ich. So gingen wir, Storm rezitierend, durch die Regenböen. Von Zeit zu Zeit stoppte einer von uns mitten im Vers, den Blick aufs Watt gefesselt. Durchs Glas sahen wir graues Geflügel neben dem Wasser herhuschen. Wir kannten seinen Namen. Da huschten Goldregenpfeifer.

Das erzählte ich bei Gelegenheit dem Verleger des Hoffmann und Campe Verlags, Günter Berg. Der fragte mich, ob ich bei ihm Storm-Gedichte herausbringen wolle. Ich hatte noch nicht zu denken begonnen, als er hinzufügte: Liebesgedichte.

Liebesgedichte von Storm? Im erwähnten Wälzer mit Storms Gesamtwerk war ich über die Liebesgedichte immer hinweggeflogen, hatte kaum eins wirklich gelesen. Nun las ich sie. Und nun biß der Briefträger, um das Bild nicht zu vergessen, den kläffenden Mops.

Ich lese also die Gedichte, die Liebesgedichte. Ich bin völlig überrascht. Ich renn zu meiner Frau. Ich zieh an ihrem Arm. Sie muß die Gedichte hören.

Aber weshalb hatte ich sie nicht beachtet? Sie hatten doch vor meinen Augen gelegen.

Das Storm-Bild, das mein Gedächtnis wiedergefunden hat, war ein Foto. Es zeigt einen Mann mit weißem Haar und weißem Bart.

An diesem Rauschebartbild hingen Worte wie »Husum«, »Landvogt«, »Amtsrichter«, »Chorleiter« und »Patriarch«. »Liebe« lockt einen heiteren Heine oder einen lustgeplagten Baudelaire vor mein inneres Auge, keinen nüchternen Storm.

Welch ein Vergnügen fand ich an Storms Liebesgedichten, als sie sich aus dem Zaun meiner Vorurteile befreiten. Wie hatte der Mann, der in ständiger Sorge um seine Familie, ja, um ihr materielles Auskommen, zwölf Jahre in einem quälenden Exil leben mußte, so Großes schaffen können?

Erlauben Sie mir dazu eine kurze kunsttheoretische Spekulation.

Goethe soll gesagt haben, Kunst setze die genaue Beobachtung von Mensch und Natur voraus, ohne sie zu zerstören. Ich möchte das umwandeln, um Ihnen meinen Eindruck von Storms Liebesgedichten zu vermitteln. Seine Liebesgedichte gewinnen ihren Stoff aus der Beobachtung des Menschen als Natur. Ich will sagen, aus der Beobachtung eines Organismus, der sein Leben nur durch Lernen gewinnt, aber gleichwohl den Naturgesetzen unterworfen bleibt.

Kunst, man darf nicht müde werden, es zu wiederholen,

gewinnt ihr Eigentliches nur, wenn der Künstler seine emotionale Beobachtung in eine angemessene Form bringt. Diese in Form gebrachte Beobachtung muß den Adressaten überraschen, ihm aber gleichzeitig wahrhaft vorkommen. Er muß dem Künstler glauben. Das kann er nur, wenn der Film, das Lied oder hier das Gedicht in ihm eigene emotionale Erfahrungspartikel abruft. Das Gedicht bringt diese Erfahrungspartikel in eine neue Ordnung. Sie oder ich, Leser oder Hörer, entdecken etwas Neues. Etwas Neues, Ungewohntes zu entdecken versetzt wahrscheinlich jedes Lebewesen in hohe Aufmerksamkeit. So eine Erregung wird aber nur ein Selbstgenuß, wenn wir das Neue gleichsam spontan mit unserer sonstigen Erfahrung abgleichen und als sinnvoll entschlüsseln können. Neu ist, wenn der Postbote den Pudel beißt. In der Neuordnung, der Umkehrung der Verhältnisse – das Opfer wird zum Angreifer –, entpuppt sich ein Körnchen Wahrheit. Das ist des Pudels Kern. Der Mann-beißt-Hund-Geschichte fehlt allerdings die Wahrhaftigkeit und die angemessene Form, daher bleibt sie banal.

Ich spekuliere hier ein paar kunsttheoretische Krückstöcke herbei. Ich möchte Ihnen damit etwas näherbringen, obwohl – das krumme Wortspiel gestatten Sie – so etwas schlecht geht.

Storm ist ein unerbittlicher Beobachter menschlicher Natur, der eigenen und der anderer. Unerbittlich soll nicht heißen, daß er uns nur Tragisches anbietet. Das tut er zwar auch, zum Beispiel wenn er aus der Erfahrung als Amtsrichter sein Erbarmen mit einem straffälligen Mädchen zu Kunst macht.

Elisabeth

[…]
Was fang' ich an!

Für all' mein Stolz und Freud'
Gewonnen hab' ich Leid.

Mein Herz ist tief bewegt. Durch die Form, in der eine höchstpersönliche Verzweiflung, gleichzeitig ein universelles Thema für mich empfindbar werden. Die Form ist neu, keine Allegorien, Metaphern oder Gleichnisse mehr. Das ist Realismus, wie Storm ihn wohl so als erster in deutscher Dichtkunst wagte. »Was fang' ich an!« Hat ein anderer Dichter Verzweiflung genauer auf den Punkt gebracht?

Aber auch die Stormsche Form ist »nur« eine kulturelle und persönliche Variation einer archaischen Grundform, die im Lerntier Homo sapiens sapiens angelegt ist. Storm war, das sei auch gerade in diesem Zusammenhang gesagt, ein radikaler Materialist. Es gibt keine Ordnung, die ein höheres Wesen uns vorgegeben hat. Das archaische Bedürfnis nach einer Ordnung ist genetisch in uns verwurzelt. Wir müssen ihre zeitgemäße und uns entsprechende Form finden. Storm ist in seinem unerbittlichen Beobachten wahrhaftig.

Ich sage bewußt nicht »wahr«. Wahrhaft zu sein ist relativ. Das heißt für mich, seinem durch die Epoche geprägten Gewissen zu gehorchen. Das heißt aber auch zu bekennen, wenn man die von der Moral gesetzten Grenzen verletzt.

Und war es auch ein großer Schmerz

Und war es auch ein großer Schmerz,
Und wär's vielleicht gar eine Sünde,
Wenn es noch einmal vor dir stünde,
Du tät'st es noch einmal, mein Herz.

Diese in Wort, Rhythmus, Melodie, Vers, Reim und Strophe gebrachte Selbstbeobachtung birgt auch das, was ich unerbittlich an Storms Liebesgedichten nennen möchte, eben eher wahrhaft zu sein, als zu verschweigen, wie man selbst dem Verlangen seiner Natur unterworfen ist. Die Liebe erlebt er als eine Macht, die uns gnadenlos beherrscht. Das macht sie himmlisch und höllisch.

Lebwohl!

[...]
Lebwohl, lebwohl! An mir erfüllen sich
Die schlimmen Lieder längst vergeßner Stunden.

Der Mann, der mittels Sprache versucht, diesen Höllensturz zu bannen, hebt uns mit einer anderen Strophe in den Himmel.

Noch einmal!

[...]
Noch einmal legt ein junges Herz
An meines seinen starken Schlag;

Noch einmal weht an meine Stirn
Ein juniheißer Sommertag.

Das »Ich« kann der aus dem Vorbewußten hervorbrechenden Begierde einfach nicht standhalten.

Du willst es nicht in Worten sagen

[...]
Du bist der Liebe schon zum Raube,
Und bist dir kaum des Worts bewußt.

Selbst zu einer Leidenschaft, die bis heute von einem zu Recht errichteten Tabu abgewehrt wird, bekennt er sich. Junge Mädchen, Kinder sind Magneten, denen er offensichtlich rettungslos ausgeliefert ist.

Junge Liebe

[...]
»Der Mutter sag' ich's!« ruft das tolle Kind
Und springt zur Tür. Da hasch' ich sie geschwind,
Und diese frevelhaften Lippen müssen,
Was sie verbrochen, ohne Gnade büßen.

Heutige Forschung weiß, so ein Verlangen kann nicht abgetötet werden. Das einzige, was helfen kann, sagen die Sexualwissenschaftler, ist, es durch Sprache ins Bewußtsein zu bringen, um so das Verlangen vielleicht zu bannen.

Er bekennt fast trotzig, einer ihm innewohnenden Gewalt nicht Herr werden zu können. Gleichzeitig aber fragt er seine Frau:

Im Herbste

[...]
Erlosch auch hier ein Duft, ein Schimmer,
Ein Rätsel, das dich einst bewegt [...]?

Hat je ein Dichter eine bange Frage nach Liebe zärtlicher klingen lassen?

Er ist ein unbestechlicher Realist. Die Liebe, diese unbarmherzige Gewalt, die uns zeugt und uns durchs Leben treibt, ist aber einer noch stärkeren, endgültigen Gewalt ausgeliefert. Der Tod vernichtet sie.

[An Constanze]

Was für mein kurzes Erdenleben
An Liebe beschieden mir,
Das ist, so wie es einst gekommen,
Verschwunden auch mit dir.

Der Tod vernichtet selbst jede Spur von ihr.

Einer Toten

[...]
Das aber kann ich nicht ertragen,
[...]

Und daß, wo sonst dein Stuhl gestanden,
Schon Andre ihre Plätze fanden,
Und nichts dich zu vermissen scheint […]

Die Radikalität, mit der Storm dazu steht und zur Kunst macht, daß in seiner Wahrnehmung das Leben nur und ausschließlich von dieser materiellen Welt ist und daß so die Liebe mit dem Leben spurlos erlischt, diese Radikalität sucht in der Dichtkunst bis heute ihresgleichen.

Wahrhaftig zu sein, rücksichtslos. Vielleicht macht auch das Kunst und Künstler so attraktiv. Für Dritte! Aber für die Nächsten? Constanze Esmarch, die Storm 1848 heiratete und deren Tod ihm die Liebe im Augenblick des Verlustes so schmerzlich bewußt machte, mußte zu ihren Lebzeiten auch lesen:

Lose

[…]
Und ob sein Herz in Liebe
Niemals für sie gebebt,
Sie hat um ihn gelitten
Und nur für ihn gelebt.

Storms Wahrhaftigkeit, unter der er auch selbst gelitten hat, und seine Hartnäckigkeit ließen ihn bisweilen stolpern. Er machte sich lächerlich. Fontane, der ihn bewunderte, sieht darin nur den Zoll, den auch große Dichter entrichten müssen.

Ich amüsiere mich, wenn Storm einer Geliebten, die ihn verließ, nachruft:

> *Wohl rief ich sanft dich an mein Herz*
>
> […]
>
> Und wenn dein letztes Kissen einst
> Beglänzt ein Abendsonnenstrahl,
> Es ist die Sonne jenes Tags,
> Da ich dich küßte zum ersten Mal.

Wirst schon sehen, was du davon hast! Völlig einsam wirst du sterben.

Nun habe ich lange genug an Ihrem Arm gerissen, geduldige Leser.

Lesen Sie! Lassen Sie sich von den Gedichten so ergreifen, wie ich ergriffen wurde.

Wenn man Kunst miteinander teilt, verdoppelt man sie.

Ach, ein Letztes. Ich habe mich bei der Auswahl an die Reihenfolge gehalten, die Storm selbst noch bestimmt hat. Nur das erste und letzte Gedicht habe ich anders gesetzt.

Ich habe außerdem etwas getan, was eigentlich nicht vorgesehen war. Ich hatte Ihnen von meinen ersten Entdeckungen vorgeschwärmt, bevor mich Günter Berg auf die Liebesgedichte lenkte. Ich habe mir erlaubt, einige dieser Entdeckungen, Gedichte, die mir sehr lieb sind, wiederum nach der vorgegebenen Folge, in die Liebesgedichte einzureihen.

Und noch ein Allerletztes. Fahren Sie nach Amrum. Mein anderer Vetter, Jens Quedens, hat dort einen Buchladen.

Bei ihm können Sie alles kaufen, was Storm sonst noch geschrieben hat. Und wenn Sie keine Lust zum Lesen haben, gehen Sie abends am Watt spazieren. Vielleicht werden die Stimmen vernehmlich, die über der Tiefe sind. Dann sind Sie wieder bei Storm.

Noch einmal!

Noch einmal fällt in meinen Schoß
Die rote Rose Leidenschaft;
Noch einmal hab' ich schwärmerisch
In Mädchenaugen mich vergafft;
Noch einmal legt ein junges Herz
An meines seinen starken Schlag;
Noch einmal weht an meine Stirn
Ein juniheißer Sommertag.

Im Walde

Hier an der Bergeshalde
Verstummet ganz der Wind;
Die Zweige hängen nieder,
Darunter sitzt das Kind.

Sie sitzt in Thymiane,
Sie sitzt in lauter Duft;
Die blauen Fliegen summen
Und blitzen durch die Luft.

Es steht der Wald so schweigend,
Sie schaut so klug darein;
Um ihre braunen Locken
Hinfließt der Sonnenschein.

Der Kuckuck lacht von ferne,
Es geht mir durch den Sinn:
Sie hat die goldnen Augen
Der Waldeskönigin.

Elisabeth

Meine Mutter hat's gewollt,
Den Andern ich nehmen sollt';
Was ich zuvor besessen,
Mein Herz sollt' es vergessen;
Das hat es nicht gewollt.

Meine Mutter klag' ich an,
Sie hat nicht wohlgetan;
Was sonst in Ehren stünde,
Nun ist es worden Sünde.
Was fang' ich an!

Für all' mein Stolz und Freud'
Gewonnen hab' ich Leid.
Ach, wär' das nicht geschehen,
Ach, könnt' ich betteln gehen
Über die braune Heid'!

Lied des Harfenmädchens

Heute, nur heute
Bin ich so schön;
Morgen, ach morgen
Muß Alles vergehn!
Nur diese Stunde
Bist du noch mein;
Sterben, ach sterben
Soll ich allein.

Die Nachtigall

Das macht, es hat die Nachtigall
Die ganze Nacht gesungen;
Da sind von ihrem süßen Schall,
Da sind in Hall und Widerhall
Die Rosen aufgesprungen.

Sie war doch sonst ein wildes Kind;
Nun geht sie tief in Sinnen,
Trägt in der Hand den Sommerhut
Und duldet still der Sonne Glut
Und weiß nicht, was beginnen.

Das macht, es hat die Nachtigall
Die ganze Nacht gesungen;
Da sind von ihrem süßen Schall,
Da sind in Hall und Widerhall
Die Rosen aufgesprungen.

Im Volkston

I

Als ich dich kaum gesehn,
Mußt' es mein Herz gestehn,
Ich könnt' dir nimmermehr
Vorübergehn.

Fällt nun der Sternenschein
Nachts in mein Kämmerlein,
Lieg' ich und schlafe nicht
Und denke dein.

Ist doch die Seele mein
So ganz geworden dein,
Zittert in deiner Hand,
Tu' ihr kein Leid!

II

Einen Brief soll ich schreiben
Meinem Schatz in der Fern';
Sie hat mich gebeten,
Sie hätt's gar zu gern.

Da lauf' ich zum Krämer,
Kauf Tint' und Papier

Und schneid' mir ein' Feder,
Und sitz' nun dahier.

Als wir noch mitsammen
Uns lustig gemacht,
Da haben wir nimmer
An's Schreiben gedacht.

Was hilft mir nun Feder
Und Tint' und Papier!
Du weißt, die Gedanken
Sind allzeit bei dir.

Regine

Und webte auch auf jenen Matten
Noch jene Mondesmärchenpracht,
Und stünd' sie noch im Waldesschatten
Inmitten jener Sommernacht,
Und fänd' ich selber wie im Traume
Den Weg zurück durch Moor und Feld,
Sie schritte doch vom Waldessaume
Niemals hinunter in die Welt.

Ein grünes Blatt

Ein Blatt aus sommerlichen Tagen,
Ich nahm es so im Wandern mit,
Auf daß es einst mir möge sagen,
Wie laut die Nachtigall geschlagen,
Wie grün der Wald, den ich durchschritt.

Weiße Rosen

I

Du bissest dir die Lippen wund,
Das Blut ist danach geflossen;
Du hast es gewollt, ich weiß es wohl,
Weil einst mein Mund sie verschlossen.

Entfärben ließt du dein blondes Haar
In Sonnenbrand und Regen;
Du hast es gewollt, weil meine Hand
Liebkosend darauf gelegen.

Du stehst am Herd in Flammen und Rauch,
Daß die zarten Hände dir sprangen;
Du hast es gewollt, ich weiß es wohl,
Weil mein Auge daran gehangen.

II

Du gehst an meiner Seite hin
Und achtest meiner nicht;
Nun schmerzt mich deine weiße Hand,
Dein süßes Angesicht.

O sprich wie sonst ein liebes Wort,
Ein einzig Wort mir zu!

Die Wunden bluten heimlich fort,
Auch du hast keine Ruh'.

Der Mund, der jetzt zu meiner Qual
Sich stumm vor mir verschließt,
Ich hab' ihn ja so tausend mal,
Viel tausend mal geküßt.

Was einst so überselig war,
Bricht nun das Herz entzwei;
Das Aug', das meine Seele trank,
Sieht fremd an mir vorbei.

III

So dunkel sind die Straßen,
So herbstlich geht der Wind;
Leb wohl, meine weiße Rose,
Mein Herz, mein Weib, mein Kind!

So schweigend steht der Garten,
Ich wandre weit hinaus;
Er wird dir nicht verraten,
Daß ich nimmer kehr' nach Haus.

Der Weg ist gar so einsam,
Es reist ja Niemand mit;

Die Wolken nur am Himmel
Halten gleichen Schritt.

Ich bin so müd' zum Sterben;
Drum blieb' ich gern zu Haus
Und schliefe gern das Leben
Und Lust und Leiden aus.

Lose

Der einst er seine junge
Sonnige Liebe gebracht,
Die hat ich gehen heißen,
Nicht weiter sein gedacht.

Drauf hat er heimgeführet
Ein Mädchen still und hold;
Die hat aus allen Menschen
Nur einzig ihn gewollt.

Und ob sein Herz in Liebe
Niemals für sie gebebt,
Sie hat um ihn gelitten
Und nur für ihn gelebt.

Abends

Warum duften die Levkojen so viel schöner bei der Nacht?
Warum brennen deine Lippen so viel röter bei der Nacht?
Warum ist in meinem Herzen so die Sehnsucht auferwacht,
Diese brennend roten Lippen dir zu küssen bei der Nacht?

Hyazinthen

Fern hallt Musik; doch hier ist stille Nacht,
Mit Schlummerduft anhauchen mich die Pflanzen;
Ich habe immer, immer dein gedacht,
Ich möchte schlafen; aber du mußt tanzen.

Es hört nicht auf, es ras't ohn' Unterlaß;
Die Kerzen brennen und die Geigen schreien,
Es teilen und es schließen sich die Reihen,
Und Alle glühen; aber du bist blaß.

Und du mußt tanzen; fremde Arme schmiegen
Sich an dein Herz; o leide nicht Gewalt!
Ich seh' dein weißes Kleid vorüberfliegen
Und deine leichte, zärtliche Gestalt. – –

Und süßer strömend quillt der Duft der Nacht
Und träumerischer aus dem Kelch der Pflanzen.
Ich habe immer, immer dein gedacht;
Ich möchte schlafen; aber du mußt tanzen.

Du willst es nicht in Worten sagen

Du willst es nicht in Worten sagen;
Doch legst du's brennend Mund auf Mund,
Und deiner Pulse tiefes Schlagen
Tut liebliches Geheimnis kund.

Du fliehst vor mir, du scheue Taube,
Und drückst dich fest an meine Brust;
Du bist der Liebe schon zum Raube,
Und bist dir kaum des Worts bewußt.

Du biegst den schlanken Leib mir ferne,
Indes dein roter Mund mich küßt;
Behalten möchtest du dich gerne,
Da du doch ganz verloren bist.

Du fühlst, wir können nicht verzichten;
Warum zu geben scheust du noch?
Du mußt die ganze Schuld entrichten,
Du mußt, gewiß, du mußt es doch.

In Sehnen halb und halb in Bangen,
Am Ende rinnt die Schale voll;
Die holde Scham ist nur empfangen,
Daß sie in Liebe sterben soll.

Die Zeit ist hin

Die Zeit ist hin; du löst dich unbewußt
Und leise mehr und mehr von meiner Brust;
Ich suche dich mit sanftem Druck zu fassen,
Doch fühl' ich wohl, ich muß dich gehen lassen.

So laß mich denn, bevor du weit von mir
Im Leben gehst, noch einmal danken dir;
Und magst du nie, was rettungslos vergangen,
In schlummerlosen Nächten heim verlangen.

Hier steh' ich nun und schaue bang zurück;
Vorüber rinnt auch dieser Augenblick,
Und wie viel Stunden dir und mir gegeben,
Wir werden keine mehr zusammen leben.

Wohl rief ich sanft dich an mein Herz

Wohl rief ich sanft dich an mein Herz,
Doch blieben meine Arme leer;
Der Stimme Zauber, der du sonst
Nie widerstandest, galt nicht mehr.

Was jetzt dein Leben füllen wird,
Wohin du gehst, wohin du irrst,
Ich weiß es nicht; ich weiß allein,
Daß du mir nie mehr lächeln wirst.

Doch kommt erst jene stille Zeit,
Wo uns das Leben läßt allein,
Dann wird, wie in der Jugend einst,
Nur meine Liebe bei dir sein.

Dann wird, was jetzt geschehen mag,
Wie Schatten dir vorübergehn,
Und nur die Zeit, die nun dahin,
Die uns gehörte, wird bestehn.

Und wenn dein letztes Kissen einst
Beglänzt ein Abendsonnenstrahl,
Es ist die Sonne jenes Tags,
Da ich dich küßte zum ersten Mal.

Lucie

Ich seh' sie noch, ihr Büchlein in der Hand,
Nach jener Bank dort an der Gartenwand
Vom Spiel der andern Kinder sich entfernen;
Sie wußte wohl, es mühte sie das Lernen.

Nicht war sie klug, nicht schön; mir aber war
Ihr blass' Gesichtchen und ihr blondes Haar,
Mir war es lieb; aus der Erinnrung Düster
Schaut es mich an; wir waren recht Geschwister.

Ihr schmales Bettchen teilte sie mit mir,
Und nächtens Wang' an Wange schliefen wir;
Das war so schön! Noch weht ein Kinderfrieden
Mich an aus jenen Zeiten, die geschieden.

Ein Ende kam; – ein Tag, sie wurde krank,
Und lag im Fieber viele Wochen lang;
Ein Morgen dann, wo sanft die Winde gingen,
Da ging sie heim; es blühten die Syringen.

Die Sonne schien; ich lief in's Feld hinaus
Und weinte laut; dann kam ich still nach Haus.
Wohl zwanzig Jahr und drüber sind vergangen –
An wieviel Andrem hat mein Herz gehangen!

Was hab' ich heute denn nach dir gebangt?
Bist du mir nah, und hast nach mir verlangt?
Willst du, wie einst nach unsren Kinderspielen,
Mein Knabenhaupt an deinem Herzen fühlen?

Lehrsatz

Die Sonne scheint; laß ab von Liebeswerben!
Denn Liebe gleicht der scheuesten der Frauen;
Ihr eigen Antlitz schämt sie sich zu schauen,
Ein Rätsel will sie bleiben, oder sterben.
Doch wenn der Abend still hernieder gleitet,
Dann naht das Reich der zärtlichen Gedanken;
Wenn Dämmrung süß verwirrend sich verbreitet,
Und alle Formen in einander schwanken,
Dann irrt die Hand, dann irrt der Mund gar leicht,
Und halb gewagt wird Alles ganz erreicht.

Die Kleine

Und plaudernd hing sie mir am Arm;
Sie halberschlossen nur dem Leben,
Ich zwar nicht alt, doch aber dort,
Wo uns verläßt die Jugend eben.

Wir wandelten hinauf, hinab
Im dämmergrünen Gang der Linden;
Sie sah mich froh und leuchtend an,
Sie wußte nicht, es könne zünden.

Ihr ahnte keine Möglichkeit,
Kein Wort von so verwegnen Dingen,
Wodurch es selbst die tiefste Kluft
Verlockend wird zu überspringen.

Wer je gelebt in Liebesarmen

Wer je gelebt in Liebesarmen,
Der kann im Leben nie verarmen;
Und müßt' er sterben fern, allein,
Er fühlte noch die sel'ge Stunde,
Wo er gelebt an ihrem Munde,
Und noch im Tode ist sie sein.

Einer Toten

I

Du glaubtest nicht an frohe Tage mehr,
Verjährtes Leid ließ nimmer dich genesen;
Die Mutterfreude war für dich zu schwer,
Das Leben war dir gar zu hart gewesen.

Er saß bei dir in letzter Liebespflicht;
Noch eine Nacht, noch eine war gegeben!
Auch die verrann; dann kam das Morgenlicht.
»Mein guter Mann, wie gerne wollt' ich leben!«

Er hörte still die sanften Worte an,
Wie sie sein Ohr in bangen Pausen trafen:
»Sorg' für das Kind – ich sterbe, süßer Mann.«
Dann halbverständlich noch: »Nun will ich schlafen.«

Und dann nichts mehr; – du wurdest nimmer wach,
Dein Auge brach, die Welt ward immer trüber;
Der Atem Gottes wehte durch's Gemach,
Dein Kind schrie auf, und dann warst du hinüber.

II

Das aber kann ich nicht ertragen,
Daß so wie sonst die Sonne lacht;

Daß wie in deinen Lebenstagen
Die Uhren gehn, die Glocken schlagen,
Einförmig wechseln Tag und Nacht;

Daß, wenn des Tages Lichter schwanden,
Wie sonst der Abend uns vereint;
Und daß, wo sonst dein Stuhl gestanden,
Schon Andre ihre Plätze fanden,
Und nichts dich zu vermissen scheint;

Indessen von den Gitterstäben
Die Mondesstreifen schmal und karg
In deine Gruft hinunterweben
Und mit gespenstig trübem Leben
Hinwandeln über deinen Sarg.

Schließe mir die Augen beide

Schließe mir die Augen beide
Mit den lieben Händen zu!
Geht doch Alles, was ich leide,
Unter deiner Hand zur Ruh'.
Und wie leise sich der Schmerz
Well' um Welle schlafen leget,
Wie der letze Schlag sich reget,
Füllest du mein ganzes Herz.

Die Kinder

I

Abends

Auf meinem Schoße sitzet nun
Und ruht der kleine Mann;
Mich schauen aus der Dämmerung
Die zarten Augen an.

Er spielt nicht mehr, er ist bei mir,
Will nirgend anders sein;
Die kleine Seele tritt heraus
Und will zu mir herein.

II

Mein Häwelmann, mein Bursche klein,
Du bist des Hauses Sonnenschein;
Die Vögel singen, die Kinder lachen,
Wenn deine strahlenden Augen wachen.

Im Herbste

Es rauscht, die gelben Blätter fliegen,
Am Himmel steht ein falber Schein;
Du schauerst leis, und drückst dich fester
In deines Mannes Arm hinein.

Was nun von Halm zu Halme wandelt,
Was nach den letzten Blumen greift,
Hat heimlich im Vorübergehen
Auch dein geliebtes Haupt gestreift.

Doch reißen auch die zarten Fäden,
Die warme Nacht auf Wiesen spann –
Es ist der Sommer nur, der scheidet;
Was geht denn uns der Sommer an!

Du legst die Hand an meine Stirne,
Und schaust mir prüfend in's Gesicht;
Aus deinen milden Frauenaugen
Bricht gar zu melancholisch Licht.

Erlosch auch hier ein Duft, ein Schimmer,
Ein Rätsel, das dich einst bewegt,
Daß du in meine Hand gefangen
Die freie Mädchenhand gelegt?

O schaudre nicht! Ob auch unmerklich
Der hellste Sonnenschein verrann –
Es ist der Sommer nur, der scheidet;
Was geht denn uns der Sommer an!

Und war es auch ein großer Schmerz

Und war es auch ein großer Schmerz,
Und wär's vielleicht gar eine Sünde,
Wenn es noch einmal vor dir stünde,
Du tät'st es noch einmal, mein Herz.

Juli

Klingt im Wind ein Wiegenlied,
Sonne warm herniedersieht,
Seine Ähren senkt das Korn,
Rote Beere schwillt am Dorn,
Schwer von Segen ist die Flur –
Junge Frau, was sinnst du nur?

Trost

So komme, was da kommen mag!
So lang du lebest, ist es Tag.

Und geht es in die Welt hinaus,
Wo du mir bist, bin ich zu Haus.

Ich seh' dein liebes Angesicht,
Ich sehe die Schatten der Zukunft nicht.

Gedenkst du noch?
1857

Gedenkst du noch, wenn in der Frühlingsnacht
Aus unserm Kammerfenster wir hernieder
Zum Garten schauten, wo geheimnisvoll
Im Dunkel dufteten Jasmin und Flieder?
Der Sternenhimmel über uns so weit,
Und du so jung; – unmerklich geht die Zeit.

Wie still die Luft! Des Regenpfeifers Schrei
Scholl klar herüber von dem Meeresstrande;
Und über unsrer Bäume Wipfel sah'n
Wir schweigend in die dämmerigen Lande.
Nun wird es wieder Frühling um uns her,
Nur eine Heimat haben wir nicht mehr.

Nun horch ich oft schlaflos in tiefer Nacht,
Ob nicht der Wind zur Rückfahrt möge wehen.
Wer in der Heimat erst sein Haus gebaut,
Der sollte nicht mehr in die Fremde gehen!
Nach drüben ist sein Auge stets gewandt;
Doch Eines blieb, – wir gehen Hand in Hand.

Du warst es doch

In buntem Zug zum Walde ging's hinaus;
Du bei den Kindern bliebst allein zu Haus.
Und draußen haben wir getanzt, gelacht,
Und kaum, so war mir, hatt' ich dein gedacht. –
Nun kommt der Abend, und die Zeit beginnt,
Wo auf sich selbst die Seele sich besinnt;
Nun weiß ich auch, was mich so froh ließ sein,
Du warst es doch, und du nur ganz allein.

Schlaflos

Aus Träumen in Ängsten bin ich erwacht;
Was singt doch die Lerche so tief in der Nacht!

Der Tag ist gegangen, der Morgen ist fern,
Auf's Kissen hernieder scheinen die Stern'.

Und immer hör' ich den Lerchengesang;
O Stimme des Tages, mein Herz ist bang.

Aus diesen Blättern steigt der Duft des Veilchens,
Das dort zu Haus auf unsren Heiden stand,
Jahr aus und ein, von welchem Keiner wußte,
Und das ich später nirgends wieder fand.

Beginn des Endes

Ein Punkt nur ist es, kaum ein Schmerz,
Nur ein Gefühl, empfunden eben;
Und dennoch spricht es stets darein,
Und dennoch stört es dich zu leben.

Wenn du es Andern klagen willst,
So kannst du's nicht in Worte fassen;
Du sagst dir selber: Es ist nichts!
Und dennoch will es dich nicht lassen.

So seltsam fremd wird dir die Welt,
Und leis verläßt dich alles Hoffen,
Bis du es endlich, endlich weißt,
Daß dich des Todes Pfeil getroffen.

Geflüster der Nacht

Es ist ein Flüstern in der Nacht,
Es hat mich ganz um den Schlaf gebracht;
Ich fühl's, es will sich was verkünden
Und kann den Weg nicht zu mir finden.

Sind's Liebesworte, vertrauet dem Wind,
Die unterwegs verwehet sind?
Oder ist's Unheil aus künftigen Tagen,
Das emsig drängt sich anzusagen?

Über die Heide

Über die Heide hallet mein Schritt;
Dumpf aus der Erde wandert es mit.

Herbst ist gekommen, Frühling ist weit –
Gab es denn einmal selige Zeit?

Brauende Nebel geistern umher,
Schwarz ist das Kraut und der Himmel so leer.

Wär' ich hier nur nicht gegangen im Mai!
Leben und Liebe – wie flog es vorbei!

Geh nicht hinein

Im Flügel oben hinterm Korridor,
Wo es so jählings einsam worden ist,
– Nicht in dem ersten Zimmer, wo man sonst
Ihn finden mochte, in die blasse Hand
Das junge Haupt gestützt, die Augen träumend
Entlang den Wänden streifend, wo im Laub
Von Tropenpflanzen ausgebälgt Getier
Die Flügel spreizte und die Tatzen reckte,
Halb Wunder noch, halb Wissensrätsel ihm,
– Nicht dort; der Stuhl ist leer, die Pflanzen lassen
Verdürstend ihre schönen Blätter hängen;
Staub sinkt herab; – nein, nebenan die Tür,
In jenem hohen dämmrigen Gemach,
– Beklommne Schwüle ist drin eingeschlossen –
Dort hinterm Wandschirm auf dem Bette liegt
Etwas – geh nicht hinein! Es schaut dich fremd
Und furchtbar an!
                                        Vor wenig Stunden noch
Auf jenen Kissen lag sein blondes Haupt;
Zwar bleich von Qualen, denn des Lebens Fäden
Zerrissen jäh; doch seine Augen sprachen
Noch zärtlich, und mitunter lächelt' er,
Als säh' er noch in goldne Erdenferne.
Da plötzlich losch es aus; er wußt' es plötzlich,
– Und ein Entsetzen schrie aus seiner Brust,
Daß ratlos Mitleid, die am Lager saßen,

In Stein verwandelte – er lag am Abgrund;
Bodenlos, ganz ohne Boden. – »Hilf!
Ach, Vater, lieber Vater!« Taumelnd schlug
Er um sich mit den Armen; ziellos griffen
In leere Luft die Hände; noch ein Schrei –
Und dann verschwand er.
Dort, wo er gelegen,
Dort hinterm Wandschirm, stumm und einsam liegt
Jetzt etwas – bleib! Geh nicht hinein! Es schaut
Dich fremd und furchtbar an; für viele Tage
Kannst du nicht leben, wenn du es erblickt.

»Und weiter – du, der du ihn liebtest – hast
Nichts weiter du zu sagen?«
Weiter nichts.

Bettlerliebe

O laß mich nur von ferne stehn,
Und hangen stumm an deinem Blick;
Du bist so jung, du bist so schön,
Aus deinen Augen lacht das Glück.

Und ich so arm, so müde schon,
Ich habe nichts, was dich gewinnt.
O wär' ich doch ein Königssohn,
Und du ein arm' verlornes Kind!

Vierzeilen

Die Lieb' ist wie ein Wiegenlied;
Es lullt dich lieblich ein;
Doch schläfst du kaum, so schweigt das Lied,
Und du erwachst allein.

Käuzlein

Da sitzt der Kauz im Ulmenbaum,
Und heult und heult im Ulmenbaum.
Die Welt hat für uns beide Raum!
Was heult der Kauz im Ulmenbaum
Von Sterben und von Sterben?

Und über'n Weg die Nachtigall,
Genüber pfeift die Nachtigall.
O weh, die Lieb' ist gangen all'!
Was pfeift so süß die Nachtigall
Von Liebe und von Liebe?

Zur Rechten hell ein Liebeslied,
Zur Linken grell ein Sterbelied!
Ach, bleibt denn nichts, wenn Liebe schied,
Denn nichts, als nur ein Sterbelied
Kaum wegbreit noch hinüber?

Junge Liebe

Aus eigenem Herzen geboren,
Nie besessen, dennoch verloren.

Ihr Aug' ist blau, nachtbraun ihr lockicht Haar,
Ein Schelmenmund, wie jemals einer war,
Ein launisch' Kind; doch all' ihr Widerstreben
Bezwingt ihr Herz, das mir so ganz ergeben.

Schon lange sitzt sie vor mir, träumerisch
Mit ihren Beinchen baumelnd, auf dem Tisch;
Nun springt sie auf; an meines Stuhles Lehne
Hängt sie sich schmollend ob der stummen Szene.

»Ich liebe dich!« – »Du bist sehr interessant.«
»Ich liebe dich!« – »Ach das ist längst bekannt!
Ich lieb' Geschichten, neu und nicht erfunden –
Erzählst du nicht, ich bin im Nu verschwunden.« –

»So hör'! Jüngst träumte mir« – »Das ist nicht wahr!« –
»Wahr ist's! Mir träumt', ich sähe auf ein Haar
Dich selbst Straß' auf und ab in Prachtgewändern
An eines Mannes Arm gemächlich schlendern;

Und dieser Mann« – »der war?« – »der war nicht ich!« –
»Du lügst!« – »Mein Herz, ich sah dich sicherlich –

Ihr senktet Aug' in Auge voll Entzücken,
Ich stand seitab, gleichgültig deinen Blicken.«

»Der Mutter sag' ich's!« ruft das tolle Kind
Und springt zur Tür. Da hasch' ich sie geschwind,
Und diese frevelhaften Lippen müssen,
Was sie verbrochen, ohne Gnade büßen.

Dämmerstunde

Im Nebenzimmer saßen ich und du;
Die Abendsonne fiel durch die Gardinen,
Die fleißigen Hände fügten sich der Ruh,
Von rotem Licht war deine Stirn beschienen.

Wir schwiegen beid'; ich wußte mir kein Wort,
Das in der Stunde Zauber mochte taugen;
Nur nebenan die Alten schwatzten fort –
Du sahst mich an mit deinen Märchenaugen.

Frage

Wenn einsam du im Kämmerlein gesessen,
Wenn dich der Schlummer floh die lange Nacht,
Dann hast du oft, so sprichst du, mein gedacht;
Doch, wenn die Sonne kommen unterdessen,
Wenn dir die Welt und jeglich' Aug' gelacht,
Hast du auch dann wohl jemals mein gedacht?

Lose Mädchen

Mein Lieb hat diesen Winter
An einen andern gedacht;
Und dieses andern Mädchen
Hat's ebenso gemacht. –

Ihr beiden losen Mädchen,
Was habt ihr uns beid' so betrübt,
Daß du Lisettens Buhlen,
Lisette mich geliebt.

Schweig stille mein Herze!

I

Der Winter stürmt so laut ums Haus;
Du bist so still – der Kummer schaut
Aus deinem Aug' so kalt heraus,
Und keine milde Träne taut. – –

»Gib mir die Hand! ich bin allein;
Doch frag nicht, was mein Herz verwaise;
Ich sag's nicht laut, ich sag's nicht leise –
Es muß allein getragen sein.«

II

Der Winter stürmet für und für;
Du schaust so selig himmelwärts,
Da blinkt kein Stern – o sage mir,
Was kam so plötzlich in dein Herz!

»Gib mir die Hand! die Welt ist mein,
Und mein – doch frag nicht, was ich preise;
Ich sag's nicht laut, ich sag's nicht leise –
Es muß allein getragen sein!«

Lebwohl!

Lebwohl, lebwohl! Ich ruf' es in die Leere;
Nicht zögernd sprech ich's aus in deinem Arm,
Kein pochend Herz, kein Auge tränenwarm,
Kein bittend Wort, daß ich dir wiederkehre.
Lebwohl, lebwohl! Dem Sturme ruf' ich's zu,
Daß er den Gruß verwehe und verschlinge.
Es fände doch das arme Wort nicht Ruh –
Mir fehlt das Herz, das liebend es empfinge.

Als noch dein Lächeln ging durch meine Stunden,
Da kam's mir oft: »Wach auf! es ist ein Traum!«
Nicht fassen konnt' ich's – jetzo fass' ich's kaum,
Daß ich erwacht, und daß ein Traum verschwunden.
Lebwohl, lebwohl! es ist ein letztes Wort,
Kein teurer Mund wird mir ein andres geben.
Verweht ist Alles, alle Lust ist fort –
»Die kurze Lieb', ach, war das ganze Leben!«

Mög' deinen Weg ein milder Gott geleiten!
Fernab von mir ist nah vielleicht dem Glück.
In's volle Leben du – ich bleib' zurück
Und lebe still in den verlaß'nen Zeiten.
Doch schlägt mein Herz so laut, so laut für dich,
Und Sehnsucht mißt die Räume der Sekunden –
Lebwohl, lebwohl! An mir erfüllen sich
Die schlimmen Lieder längst vergeßner Stunden.

Was immer dir das Herz bedrückt,
Ich teile deine Last,
Und wärens tausend Küsse auch,
Die du auf dem Herzen hast.

Sie haben gestern, sprach sie, dich geschmäht,
Du seist nicht mehr so gut, wie du gewesen.
Ich habe dich verteidigt, sprach sie trüb,
Dann sah sie tief und ernst mir in die Augen
Und fragte leis: »Hättst du mich auch so lieb?«

Begegnung

Das süße Lächeln starb dir im Gesicht
Und meine Lippen zuckten wie im Fieber;
Doch schwiegen sie – wir grüßten uns auch nicht,
Wir sahn uns an und gingen uns vorüber.

Ich kann dir nichts, dir gar nichts geben,
Zu keinem Glück bedarfst du mein;
In fremden Landen wirst du leben,
In fremden Armen glücklich sein.

Die Julisonne schien auf ihre Locken,
Da sprang sie fort ins Dunkel der Syringen,
Daß rauschend um sie her die Blütenflocken
Sich wie zum Kranz um ihre Schläfe hingen.

Das hohe Lied

Der Markt ist leer, die Bude steht verlassen,
Im Winde weht der bunte Trödelkram;
Und drinnen sitzt im Wirbelstaub der Gassen
Das schlanke Kind des Juden Abraham.
Sie stützt das Haupt in ihre weiße Hand,
Im Sturm des Busens bebt die leichte Hülle;
Man sieht's, an dieser Augen Sonnenbrand
Gedieh der Mund zu seiner Purpurfülle.
Die Lippe schweigt, die schwarzen Locken ranken
Sich um die Stirn wie schmachtende Gedanken.
Sie liest vertieft in einem alten Buch
Von einem König, der die Harfe schlug,
Und liebefordernd in den goldnen Klang
Manch zärtlich Lied an Zions Mädchen sang.

Letztes Blatt

Du bist so jung – sie nennen dich ein Kind –
Ob du mich liebst, du weißt es selber kaum.
Vergessen wirst du mich und diese Stunden,
Und wenn du aufschaust, und ich bin verschwunden,
Es wird dir sein wie über Nacht ein Traum. –
Sei dir die Welt, sei dir das Leben mild,
Mög' nie dein Aug' gewes'nes Glück bekunden!
Doch wenn dereinst mein halberloschnes Bild
Lieb oder Haß mit frischen Farben zeichnen,
Dann darfst du mich vor Menschen nicht verleugnen.

Vierzeilen

I

Lebwohl, du süße kleine Fee!
Ach eh' ich dich nun wiederseh',
Wieviel Paar Handschuh sind verbraucht,
Und wieviel Eau de Cologne verraucht!

II

Und wenn ich von dir, du süße Gestalt,
In ewiger Ferne bliebe,
Du bliebest mir nah, wie im Busen das Herz,
Wie im Herzen die klopfende Liebe!

III

Nun stehst du, und spielst mit
dem Herzchen am Hals,
Rücksinnend vergangene Tage;
Aufleuchtend über dein Antlitz geht
Eine heimlich lächelnde Frage.

IV

Entsündige mich! ich bin voll Schuld,
Doch du bist rein, wie Engel sind;
Zu deinen Füßen sink' ich hin,
Du lieblich jungfräuliches Kind!

V

Wer die Liebste sein verloren
Und die Liebe nicht zugleich,
Sucht umsonst an allen Toren
Sein verschwund'nes Himmelreich.

VI

Wolken am hohen Himmel,
Im Herzen ein tiefer Gram!
Die Sonne ist gegangen,
Noch eh' der Abend kam.

VII

Und wie du meine Lieder
In diesem Buch sollst finden?
Folg nur dem roten Faden,
Der wird sie dir verkünden.

VIII

Und so laßt von dieser Stund
Denn das alte Lieben,
Ist euch Herz und Hand und Mund
Übrig doch geblieben!

Da schlang sich leis dein Arm um mich herum,
Dein junger Mund küßt meine Klagen stumm,
Und wieder seh ich Erd und Himmel glänzen
In deines Auges treuen festen Grenzen.

Da liegt die Welt so märchenstill,
Vergessen ist die süße Früh,
Kaum weiß das Herz noch, was es will –
Wir aber sind geschieden.

Wie ist die Nacht so trübe,
Doch trüber noch mein Herz;
Wie schlingt in unsre Liebe
Sich solch betrübter Schmerz!

So fern noch ist der Morgen,
Nicht weichen will die Nacht;
Nun liegst du wohl in Sorgen
Und Tränen überwacht.

Nun liegst du wohl und klagest
Die eigne Liebe an:
»Wie kannst du mich so kränken,
Du vielgeliebter Mann!

Wie kannst du mich so kränken,
Geliebter böser Mann! –
Ich hab ja alles, alles
Zur Liebe dir getan!«

Und preßt vor Weh die Hände
An deine junge Brust,
Die nur in meiner Liebe
Des Lebens sich bewußt.

Die gern das süße Leben
Für ihre Liebe gibt,
Die alles mir gegeben
Und sich für mich betrübt.

Ich wache fern und quäle
Die Brust mit deinem Schmerz,
Du bist ja meine Seele,
Wir sind ja nur ein Herz.

Warum doch ist das tolle Blut
Gesperrt in die engen Adern!
Ich möchte sein ein freies Meer
Um stürmisch auszuhadern.

Und stürmen die Pulse auf und ab,
Mein Kind, so laß dir sagen:
Nur wenn die Flut gefroren ist,
Läßt sie das Wellenschlagen.

Das ist der Herbst, die Blätter fliegen,
Durch nackte Zweige fährt der Wind,
Bald steht der Garten ganz verödet,
Und du bist fern, geliebtes Kind.

Ins Buch der Liebe

Ich liebe dich, ich treibe Kinderpossen!
Du lächelst nur, was dir so reizend läßt –
Ist wohl das Märchenreich, das uns umschlossen,
Der Kindheit letzter wunderbarer Rest?

Nachts

Wie sanft die Nacht dich zwingt zur Ruh,
Stiller werden des Herzens Schläge;
Die lieben Augen fallen dir zu,
Heimlich nur ist die Sehnsucht rege.
Halbe Worte von süßem Bedeuten
Träumerisch über die Lippen gleiten.

Du Heißersehnte, gute Nacht!
Der Mond allein hält draußen Wacht;
Sonst schlummert Alles in den ewgen Räumen.

Mein einsam Bette ist gemacht –
Du Heißersehnte, gute Nacht!
Wann kommt die Zeit, um Brust an Brust zu träumen?

Wolle außer süßen Worten
Nur nichts mehr zu fodern wagen.
Ewige Liebe wird sie schwören;
Aber keinem Tanz entsagen.

Gasel

Du weißt es, wie mein ganzes Herz allein
durch deine Milde lebt,
Du weißt es, wie mein ganzes Herz allein
in deinem Bilde lebt;
Denn wie die Schönheit nimmer schön,
die nicht der Seele Atem kennt,
Wie durch des Lichtes Kraft allein
der Zauber der Gefilde lebt,
So ist das Leben nicht belebt,
als durch der Liebe Sakrament;
Das fühlet, wer die Liebe fühlt,
wer unter ihrem Schilde lebt.
Ich aber, der die liebste Frau
sein unverlierbar Eigen nennt,
Ich fühle, wie die ganze Welt allein
in ihrem Bilde lebt.

Jasmin und Flieder blühen,
Es ist die schönste Zeit –
Ich aber fühle schlimmer
Als je die Einsamkeit.

Agnes

Die Türe klang, und sie erschien
Urplötzlich wie ein reizend Wunder;
Zum Gruß mir gab sie beide Hände hin,
Und ließ sich dann den leichten Mädchenplunder
Stumm lächelnd von den Schultern ziehn.
Ihr Bruder war gekommen über Nacht;
Der hatt' ein golden Armband ihr gebracht!
Das war das Erste, was sie mir erzählte.
Ich sah es wohl, getroffen war es just;
Sie strahlte ganz in frischer Kinderlust,
Ein lieblich Rätsel, das doch nichts verhehlte.
Sie plauderte; ich aber dachte immer:
Nur wissen möcht' ich wie sie fühlt,
Daß um ihr Antlitz solch' ein Schimmer
Von unbewußter Anmut spielt.

Natur du kannst mich nicht vernichten,
Weil es dich selbst vernichten heißt.

Hebbel

Wie wenn das Leben wär nichts Andres,
Als das Verbrennen eines Lichts!
Verloren geht kein einzig Teilchen,
Jedoch wir selber gehn ins Nichts!

Denn was wir Leib und Seele nennen,
So fest in Eins gestaltet kaum,
Es löst sich auf in Tausendteilchen
Und wimmelt durch den öden Raum.

Es waltet stets dasselbe Leben,
Natur geht ihren ewgen Lauf;
In tausend neuerschaffnen Wesen
Stehn diese tausend Teilchen auf.

Das Wesen aber ist verloren,
Das nur durch ihren Bund bestand,
Wenn nicht der Zufall die verstäubten
Auf's Neu zu einem Sein verband.

Ich hab auf deine Stirn gegossen
Den milden Hauch der Poesie,
Und deine lieblichsten Gedanken,
Ich tauchte sie in Melodie.

Was suchst du auf der weiten Erde,
Was doch nur meine Brust dir gibt,
Wie könntest du es je vergessen,
Daß du den Dichter einst geliebt.

O schweife nicht ins Grenzenlose,
In meinem Herzen ruht der Schatz,
Und sieh, an deiner Schläfe dämmert
Der Schatten eines Efeublatts.

Es rauschen die Bäume
So winterlich schon;
Es fliegen die Träume
Der Liebe davon.

Am Strauche hangen
Die Beerlein rot;
Durch seufzende Wälder
Schreitet der Tod.

An deines Kreuzes Stamm o Jesu Christ
Hab ich mein sorgenschweres Haupt gelehnt;
Doch Trost und Kraft kam nicht von dir herab;
– – – – –
Du hattest weder Weib noch Kind, du warst
Ein halber Mensch nur; unseres Leben Kern
Hast du nur halb erprobt; was uns die Welt,
Uns Lebenden, an Ungeheu'rem auflegt,
Du hast es nicht gekannt; dein Opfer war
Ein halbes nur. – Wärst du getreu befunden,
Wenn man dein Weib, dein Kind ans Kreuz geschlagen?
Die Antwort bliebst du schuldig. – Wohl mit Dank,
Mit Liebe blick ich zu dir – – – –
– – – doch mich erlösen
Das kannst du nicht. – Einsamer Qualen voll
Neig ich das Haupt; da legt sich lebenswarm
Ans Herz mir eine vielgeliebte Last;
– – – – und wie sie sich fassen,
Fühl ich den Ring des Lebens fest geschlossen
Gleich einer Mauer gegen Tod und Lüge.
Ich bin getröstet. – Komm geliebtes Weib
Wir müssen [unser] eigner Heiland sein.

[Nach Constanzes Tod]

Ein Leib und eine Seele, wie wir waren,
Kann ich von deinem Tode nicht genesen;
Wie du zerfällst einsam in deiner Gruft,
So fühl ich mich, mein Leben mit verwesen.

Schlaf nicht mehr! Die Morgenlüfte
Rütteln schon an deiner Tür;
Längst erwacht sind Klang und Düfte
Und mein Herz verlangt nach dir.

Zu des Gartens Schattendüster
Komm herab geliebtes Kind!
Nur im Laub ein leis Geflüster,
Und verschwiegen ist der Wind.

Constanze

I

Längst in das sichere Land der Vergangenheit
warst du geschieden;
Nun, wie so viele zuvor, dämmerte wieder ein Tag.
Laut schon sangen die Schwalben;
da neben mir krachte das Bettchen,
Und aus dem rosigen Schlaf
hob sich ein Köpfchen empor.
»Ebbe!« so rief ich, »klein Ebbe!« –
Da kniete sie schon in den Kissen;
Aber geheimnisvoll blickten die Augen mich an.
»Ebbe?« frug sie zurück, und leis
aus innerstem Herzen
Klang's wie ein Lachen herauf:
»Elschen hieß ich ja sonst!
Wer doch nannte mich Elschen?«
Da plötzlich fiel es wie Schatten
Über das Kindergesicht; trüb sich umflorte das Aug'.
»Ja, wer nannte dich so?« – Und zögernd
kamen die Worte:
»Meine Mutter.« Und still senkte
das Köpfchen sich nun.
Lange kniete sie so. Den sterblichen Augen unfaßbar
War sie dem Kinde genaht, die mich so lange beglückt.

II

Nicht dem Geliebten allein, wie vielen
warst du entrissen!
Glaubten die Freunde doch kaum,
ohne dich blühe die Welt. –
Deine geliebten Rosen, nur dreimal
blühten sie wieder,
Und deinen Namen wie lang hab' ich
von keinem gehört.
Rastlos wandert die Zeit, in den Augen
der Kinder verdämmert
Mählich dein Bild, und bald –
wer noch wüßte von dir!
Denn so schwindet der Menschen Gedächtnis:
Siehe, noch einmal,
Höher als je zuvor, hebt es die spiegelnde Flut;
Scheidender Abendstrahl der Sonne
verklärt es noch einmal;
Doch wie die Welle verrauscht,
nimmt und begräbt es die Nacht.

Nur heute ist, und morgen ist zu spät!
Hast du ein Weib, so nimm sie in den Arm
Und hauch's ihr ein, daß sie es auch versteht.

Fällt auf ihr Antlitz dann des Abgrunds Schein,
Der heut' noch, oder morgen euch begräbt,
Getrost! nur um so schöner wird sie sein.

Und bebt ihr Herz, dann halte sie so fest,
Daß ihr zusammen in die Tiefe stürzt.
Was wollt ihr mehr! – Und Schweigen ist der Rest.

[Hans]

Friedlos bist du, mein armer Sohn,
Und auch friedlos bin ich durch dich;
Wären wir, wo deine Mutter ist,
Wir wären geborgen, du und ich.

Sie legte wohl um ihr verirrtes Kind
– Wenn die Toten nicht Schatten bloß –
Schützend und sanft ihren Mutterarm
Und nähme dein Haupt in ihren Schoß.

In Luise Tönnies' Album

Die Liebe, die Liebe,
Welch' lieblicher Dunst!
Doch in der Ehe –
Da steckt die Kunst.

[An Constanze]

Was für mein kurzes Erdenleben
An Liebe beschieden mir,
Das ist, so wie es einst gekommen,
Verschwunden auch mit dir.

Rückfahrt

Wie lang der Tag; doch labend
Daheim die Ruh;
Und zwischen Nacht und Abend
Geliebte, du.

[Do gewidmet]

Man warnt, das Glück bei Namen nicht zu nennen,
Es fliehe leicht und kehre nicht zurück;
Ich nannt es dennoch; sterben kann mein Glück;
Doch eines kann es nicht: von mir sich trennen.

[…]

An Frau Do

Du fragst: »Warum? – Was uns zusammenhält,
Was soll damit, was kümmert das die Welt?«

– »Ich denke: Nichts; und doch, die Lust fühlt' ich entbrennen,
Den lieben Namen laut vor ihr zu nennen.«

In schwerer Krankheit
1886/87

Nun schließ' auch du die Augen zu,
Geh' Phantasie und Herz zur Ruh!
Ein Licht lischt nach dem andern aus –
Hier stand vordem ein Schauspielhaus.

Sommermittag

Nun ist es still um Hof und Scheuer,
Und in der Mühle ruht der Stein;
Der Birnenbaum mit blanken Blättern
Steht regungslos im Sonnenschein.

Die Bienen summen so verschlafen;
Und in der offnen Bodenluk',
Benebelt von dem Duft des Heues,
Im grauen Röcklein nickt der Puk.

Der Müller schnarcht und das Gesinde,
Und nur die Tochter wacht im Haus;
Die lachet still, und zieht sich heimlich
Fürsichtig die Pantoffeln aus.

Sie geht und weckt den Müllerburschen,
Der kaum den schweren Augen traut:
»Nun küsse mich, verliebter Junge;
Doch sauber, sauber! nicht zu laut.«

Verzeichnis der Gedichtanfänge und Überschriften

Zu dieser Ausgabe

Der Text dieser Auswahl folgt der Edition des Deutschen Klassiker Verlags: Theodor Storm, *Sämtliche Werke in vier Bänden*, herausgegeben von Karl Ernst Laage und Dieter Lohmeier, Frankfurt am Main 1987. Die orthographischen Eigenheiten Storms wurden beibehalten. Überschriften in Klammern sind nicht von der Hand des Autors. Im alphabetischen Verzeichnis wurden die Gedichtanfänge kursiv gesetzt.